Phoebe Gilman

Les trésors de
Lili Tire-bouchon

Textes français de Christiane Duchesne

Éditions
SCHOLASTIC

Catalogage avant publication de Bibliothèque et Archives Canada

Gilman, Phoebe, 1940-2002

[Treasury of Jillian Jiggs. Français]

Les trésors de Lili Tire-bouchon / Phoebe Gilman ; texte français de Christiane Duchesne.

Traduction de: A treasury of Jillian Jiggs.

Sommaire: Lili Tire-bouchon -- Les beaux cochons de Lili Tire-bouchon --
Lili Tire-bouchon à la chasse au monstre -- La surprise de Lili Tire-bouchon --
Lili Tire-bouchon et ses cochons de neige.

Public cible: Pour enfants.

ISBN 978-0-545-99317-3

I. Duchesne, Christiane, 1949- II. Titre. III. Titre : Treasury of Jillian Jiggs. Français.

PS8563.I54T7414 2008   jC813'.54   C2007-907567-3

ISBN-10 0-545-99317-2

Édition publiée par les Éditions Scholastic, 604, rue King Ouest,
Toronto (Ontario) M5V 1E1 CANADA.

6 5 4 3 2 1   Imprimé à Singapour   08 09 10 11 12 13

Lili Tire-bouchon

Lorsqu'elle était petite, il y a très longtemps,
Lili Tire-bouchon ne portait pas de vêtements.

— Ah! c'était le bon temps, soupire sa maman.
Elle entre dans la chambre de Lili et se met à pleurer.

Chaque jour, il y règne un désordre ahurissant,
Car Lili Tire-bouchon adore se déguiser et jouer.

— Lili Tire-bouchon, Lili, ma Lili,
Ta chambre ressemble à une porcherie!

— Plus tard, maman, je te le promets!
Je rangerai tout et ce sera parfait.

Lili était sincère quand elle a fait cette promesse,
Mais elle l'oublie tout simplement.

Quand ses amis Charles et Rosette apparaissent.
Lili doit les rejoindre, ça, c'est évident!

— Regardez toutes ces boîtes! Quel bonheur!
Quelqu'un les a jetées? Ce doit être une erreur!

J'aime tellement les boîtes que j'en voudrais des tonnes!
Déguisons-nous! Personne ne saura qui nous sommes.

11

Personne...

... sauf sa maman.

Une maman, ça devine tout, naturellement.

— Lili Tire-bouchon, Lili, ma Lili,
Ta chambre ressemble à une porcherie!

— Plus tard, maman, je te le promets!
Je rangerai tout et ce sera parfait.

— Pas de soucis, madame! Nous allons l'aider.
Dans dix petites minutes, nous aurons tout rangé.

Les trois amis s'y mettent; ils sont bien décidés.
Mais tout à coup, Lili a une idée.

Elle vient d'inventer un nouveau jeu... encore!
Ils laissent donc de côté tout le bric-à-brac.

— Nous sommes des pirates. Allez, tous à l'attaque!
Hissez haut, matelots! Toutes voiles dehors!

Puis les amis se changent en dragons.

Et après, ils se transforment en forêt.

Ensuite, ils deviennent des bandits, des vrais.

Puis des poules enfermées dans leur cage.

Et, plus tard, des monstres pleins de rage.

Les voilà sorcières, préparant des potions.

Puis reine, roi et princesse... de vrais caméléons!

Ils sont maintenant des fées légères et sans soucis.

Puis ils se font des ailes et jouent les canaris.

Chaque fois qu'ils croient être à court d'idées...

Lili suggère un nouveau jeu qu'elle a inventé!

La maman de Lili vient voir si tout est beau.
Un coup d'œil dans la chambre et...

... la voilà dans les pommes. Oh!

— Lili Tire-bouchon, Lili, ma Lili,
Ta chambre ressemble à une porcherie!

— Plus tard, maman, je te le promets!
Je rangerai tout et...

— Commence immédiatement, tu m'entends!
Nettoie ta chambre sans perdre un instant!

— Vous devez partir, dit Lili à ses amis. Désolée.
Mais revenez demain lorsque j'aurai tout rangé!

Les beaux cochons de
Lili Tire-bouchon

Il y a très longtemps, vous vous en rappelez,
Lili Tire-bouchon ne rangeait jamais.

« Lili Tire-bouchon, Lili, ma Lili,
Ta chambre ressemble à une porcherie! »

Mais un jour, surprise! Vous imaginez!
Lili Tire-bouchon avait tout rangé.

Sa chambre était belle, charmante et jolie,
Propre comme un sou neuf. Est-ce bien chez Lili?

Avec un sourire, elle tournait en rond,
« Où est mon grand pot rempli de boutons? »

Lili Tire-bouchon aimait les boutons,
Car ils lui rappelaient le nez des cochons.

« Si j'en fabriquais des petits cochons,
J'en vendrais sûrement… sûrement des millions. »

« J'aurais plein de sous, nous serions milliardaires,
Maman passerait son temps à ne rien faire. »

Une fois installée, elle ne s'arrête plus,
Et c'est en chantant qu'elle continue :

« Lili, Lili, Lili Tire-bouchon
Change les boutons en petits cochons. »

49

Le premier cochon a très belle allure,
Le second est vêtu de vieilles parures.

Puis Lili décide de leur donner des noms,
Mais quels noms peut-on donner à des cochons?

Celui qui sourit et porte une belle canne,
Lui, ce sera Georges, sa femme Marianne.

Qui a les joues rouges? C'est Marie-Hélène.
Le vieux aux moustaches porte le nom d'Eugène.

Un cochon pirate, Arnaud l'œil-de-bois!
Pour jouer avec lui, la princesse Emma.

« Lili, Lili, Lili Tire-bouchon
Change les boutons en petits cochons. »

Le cochon rayé, c'est le gros Maurice,
Et l'autre à carreaux, la gentille Alice.

Des cochons martiens, A2, 3 et 6.

Lili aurait pu ne jamais s'arrêter,
Mais Rosette et Charles venaient d'arriver.

« Venez, venez vite! leur hurle Lili.
Venez vite voir mes nouveaux amis. »

Partout sur la table, partout sur le lit,
Partout des cochons, tout est envahi!

« Lili Tire-bouchon, Lili, ma Lili,
Tu habites vraiment dans une porcherie! »

Ils prennent les cochons, les installent dehors,
Fabriquent une affiche et crient tous très fort :

« Lili, Lili, Lili Tire-bouchon

Change les boutons en petits cochons. »

« Dix sous le cochon, venez chez Lili,
Pas un sou de plus pour ses bons amis! »

Les enfants arrivent, frères, sœurs et cousins,
Ils cherchent des cochons, l'argent à la main.

En est-elle heureuse, Lili Tire-bouchon?

Non, et c'est bien triste!

Elle n'a pas le cœur de vendre ses cochons.

« Non, non, non! Ne prenez pas Marie-Claire!
Elle est trop petite, je ne peux m'en défaire! »

« Ni de ma Suzon, ni de mon Émile…
Et comment quitter ma bonne Cécile? »

« Et mon Alexis, l'ami de Thomas,
Je ne peux pas le vendre, je ne le ferai pas! »

« Surtout pas Eugène! Non, il ne part pas!
Arnaud l'œil-de-bois s'ennuiera trop de moi... »

« Je ne vends pas Grégoire, il est très enrhumé.
Il doit rester au lit, il ne peut s'en aller. »

« Je ne peux pas les vendre! C'est fini! Ça y est! »

Et puis tout à coup, elle a une idée!

« Entrez donc, venez! Prenez mes boutons!
Et nous allons tous fabriquer des cochons! »

« Nous ferons ensemble des millions de cochons,
Des millions de millions, des milliards de cochons! »

73

dit la généreuse Lili Tire-bouchon.

Comment fabriquer
un beau cochon

Il te faut :

Un vieux collant . . . . .de n'importe quelle couleur. Toutes les couleurs vont bien aux cochons!

Du fil et une aiguille . . . . .pour coudre ton cochon.

De la bourre de polyester . . . . . . .pour rembourrer ton cochon. Qui voudrait un cochon maigre?

Du fil à broder . . . . .pour broder les yeux et la bouche de ton cochon

De la feutrine . . . . .pour faire les oreilles. Si tu veux que ton cochon t'entende.

De la laine . . . . .à moins que ton cochon soit chauve.

Un bouton . . . . .pour le nez de ton cochon.

Des cure-pipes . . . . .si tu veux un cochon martien.

De la dentelle et des rubans . . . . . .pour un cochon chic.

Un crayon rose . . . . .pour colorier les joues du cochon.

Des ciseaux et de la colle

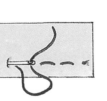
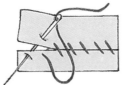
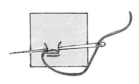
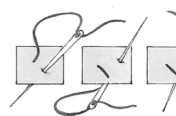

Faufiler   Point de surjet   Point d'arrêt   Coudre un bouton

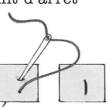

Point noué   Bouche étonnée   Bouche souriante

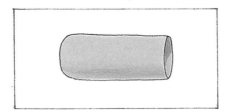
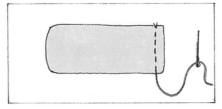
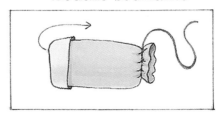

1. Coupe dans le collant, un morceau de 25 cm de longueur.

2. Faufile un des bords du collant.

3. Tire sur le fil pour refermer l'ouverture. Fais un point d'arrêt, puis retourne le collant.

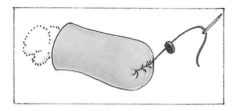

4. Bourre la tête et couds un bouton sur la couture.

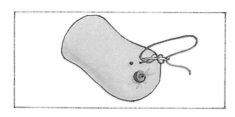

5. Pique par-dessous avec le fil à broder et fais deux yeux.

6. Couds une bouche souriante, fâchée ou étonnée.

7. Coupe deux triangles de feutrine pour les oreilles et couds-les au point de surjet.

8. Ajoute plus de bourre au corps, et place quatre boules de bourre, dessous, pour faire les pattes.

9. Noue un fil autour de l'extérieur de chaque boule pour finir les pattes.

10. Tords le reste du collant pour faire une queue en tire-bouchon.

11. Noue le bout de la queue.

Couds ou colle du fil, de la laine ou de la bourre, pour faire des cheveux, des barbes ou des moustaches. Ajoute du ruban ou de la dentelle pour un cochon chic; des cure-pipes pour un cochon martien. Colorie les joues en rose.

Il ne te reste plus qu'à donner un nom à ce charmant cochon et à lui dire :
<< Bienvenue dans la famille! >>

Lili Tire-bouchon
à
la chasse au monstre

La lune vient tout juste de monter dans le ciel,
Les étoiles brillent, la nuit est très belle.

Mais alors qu'elle devrait dormir à poings fermés,
Lili Tire-bouchon entend quelqu'un pleurer.

— J'ai très peur du monstre, dit sa petite sœur.
Lili l'embrasse fort pour chasser sa peur.

— Viens, petite Annie, viens-t'en dans mon lit
Je vais le chasser, loin, très loin d'ici.
Et tu sais ce que nous ferons demain?
Nous éliminerons ce monstre malin.

Quand Rosette et Charles s'en viennent jouer,
Lili Tire-bouchon veut leur expliquer.

— Venez, venez vite, il y a un grand monstre
Méchant et galeux! Annie en a peur!
Si nous voulons nous en débarrasser,
Il faut fabriquer...

... un RÉDUCTEUR DE MONSTRE!

Une machine qui le rendra tout petit,

Tout écrabouillé et tout rabougri,

Tellement rien du tout qu'il en aura honte!

— Vaut mieux être quatre que seulement deux!

On ne sait jamais! Il est dangereux.

Tous les quatre travaillent et font de leur mieux.

Lili les prévient : « Ce n'est pas un jeu!

Rappelez-vous le mot BELBÉZAGÉNOR!

Cela vous rendra invincibles et forts.

Ce monstre galeux, ce monstre méchant

Ne peut rien nous faire. Allons, il est temps! »

— BELBÉZAGÉNOR! BELBÉZAGÉNOR!
Monstre, tu es fait, tu es presque mort!

Notre réducteur va t'écrabouiller,

Te rendre petit et tout rabougri,

Tellement rien du tout, tout petit, petit!

Tu ne pourras plus nous embarrasser.

Ils ont l'œil ouvert, se rassemblent en rond,
Cherchent des indices, scrutent le gazon.

Ils suivent des traces, sans peur, sans fléchir.
Et comment cela va-t-il donc finir?

BELBÉZAGÉNOR! BELBÉZAGÉNOR!

— Monstre, tu es fait, tu es presque mort!

Notre réducteur va t'écrabouiller,

Te rendre petit et tout rabougri,

Tellement rien du tout, tout petit, petit!

Tu ne pourras plus nous embarrasser.

Pas bête, le monstre! Il reste caché.

Il garde ses forces pour la nuit qui vient.

Mais dans la forêt, au bout du chemin...

... Le monstre trébuche et tombe. Blessé?

— Chut! fait Annie. Il y a un bruit.

Avez-vous entendu? Vite, c'est par ici!

— C'est lui! C'est le monstre! Là, dans les buissons!
Dit notre Lili. Faites bien attention!

— Oh non! dit Annie. Il est très méchant.
Vite, le réducteur de monstre. En avant!

Ils jettent dans un pot gazon et poussière.
C'est bien pour le monstre, oui, c'est son dessert!

Ils laissent le pot près du réducteur
Et vont se cacher. Non, ils n'ont pas peur!

— Au sol! souffle Annie, il est réveillé.

Le monstre s'approche, la terre a tremblé.
De plus en plus près...

... La boîte a bondi!

— Aaah! s'écrie Annie. Monstre, tu es pris.

— BELBÉZAGÉNOR! BELBÉZAGÉNOR!

Monstre, tu es fait, tu es presque mort!

Notre réducteur va t'écrabouiller,

Te rendre petit et tout rabougri,

Tellement rien du tout, tout petit, petit!

Tu ne pourras plus nous embarrasser.

Ils règlent les boutons et quelques manettes.

— Il sera réduit, tout petit, petit.

Les lumières clignotent, les boutons cliquettent.

— Ça y est, dit Annie, il a rétréci.

— Le monstre, pourquoi es-tu si méchant

Et pourquoi viens-tu déranger ses nuits?

Pourquoi montres-tu autant de malice?

— Je pense, dit Annie, qu'il doit être triste.

Il n'a pas d'amis, il se sent de trop.

C'est pour ça qu'il est devenu aussi gros.

— Il faut le réduire, encore plus petit,
Pour être certain qu'il a disparu.

— Arrêtez, c'est trop, crie Annie. C'est trop!

Ils n'entendent pas, ils n'écoutent plus,
S'acharnent encore plus sur son pauvre dos.

Puis, le réducteur fait des gargouillis.

— Regardez! s'écrie tout à coup Annie.

Il veut nous parler, être notre ami!

Il peut, lui aussi?

Le monstre est d'accord et le monstre dit...

« Miaou! »

La surprise

de
Lili Tire-bouchon

Les serpentins flottent dans le doux vent d'été.
Des ballons colorés se balancent aux branches.

Mais Lili Tire-bouchon a le cœur qui flanche.
« Je suis une vilaine sœur. Je ne suis pas gentille du tout.
Je n'ai pas de cadeau, rien du tout, pas un sou.
Qu'est-il arrivé? Mes sous se sont envolés... »

— Chère Lili, dit son amie Rosette, cesse de te lamenter.
Ce n'est pas la fin du monde! Alors, écoute bien :
Ton cadeau sera bien plus beau si tu le fais de tes mains.

— Elle a raison, dit Charles. Trouve donc, Lili,
Une idée de cadeau que je ferais aussi.

Lili écoute et secoue lentement la tête.
— Oh, oui! Je crois que j'ai trouvé le cadeau pour sa fête!

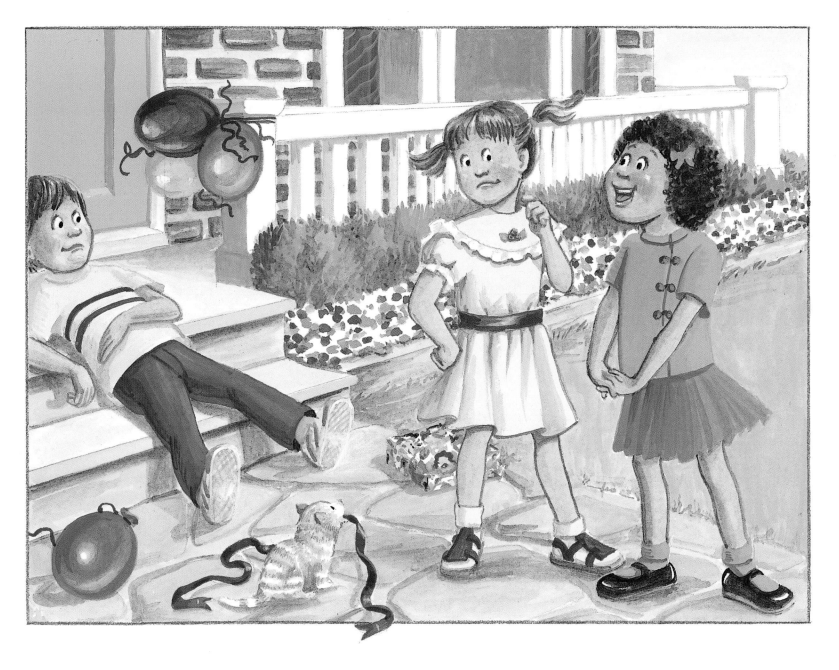

Montons donc un spectacle! Oh oui, ce serait bien!
On n'en parle à personne et Annie n'en saura rien,
Tout restera secret!

— Ça me va, dit Rosette. Ça me va, c'est parfait.

Quelques coups de pinceau, quelques accessoires,
Des boîtes de carton, de vieux draps bien tendus...
Et voilà tout est prêt. Le public peut s'asseoir!
Mais, hélas, les choses ne se passent pas comme
prévu.

Pendant que tout le monde s'occupe à répéter,
Personne ne voit ce qui se passe à côté.

Personne n'a vu Loulou, la grande amie d'Annie,
Arrivée à l'avance, l'air tout réjoui.

— Je veux jouer avec vous! dit la petite Loulou.
Je veux être comédienne, moi aussi, comme vous!

— Oh, non! s'écrie Rosette. C'est trop bête.
Loulou va tout faire rater, la surprise et la fête!

Ils regardent Loulou et se regardent tous.
Et Lili décide : « Tu seras la reine Frimousse. »

— On continue! déclare Lili.

Elle n'a pas vu venir Jérémie et Yvonne.
Elle surveillait Loulou qui mettait sa couronne.

— Ce n'est pas juste, dit Yvonne.

Nous voulons jouer avec vous! Et ne pas rester assis!

Nous voulons être comédiens, comme vous, nous aussi!

Charles invente donc un dragon nommé Krakomakan,
Bardé d'écailles vertes, fabuleux, terrifiant!
Mais aucun des deux ne veut faire la queue du dragon.
— Change de place avec moi, disent-ils à l'unisson.

— Ne vous chamaillez pas! dit Lili. Voici une nouvelle bête,
Qui n'aura pas de queue mais qui aura deux têtes.

Ils grognent, ils rugissent et crachent du feu,
Terrorisent Charles et brûlent tout devant eux.

— Ça va, tout est réglé! dit Lili. Ce sera une fête merveilleuse!
Le spectacle continue! ajoute-t-elle toute heureuse.

Mais rien n'est réglé. Ça ne va vraiment pas.
Lorsqu'elle se retourne, Jo et Sarah sont là.

— Nous voulons jouer avec vous!
Nous voulons être comédiens, nous aussi, comme vous!

Encore deux nouveaux personnages! On se hâte.
Mais en peu de temps, les choses se gâtent!

— Nous voulons un rôle, crient Marc et Émilie.
Ce n'est pas drôle d'avoir été oubliés ainsi!

— S'il vous plaît! implorent Max et Nathalie.
Il y a sûrement un petit rôle pour nous aussi!

Lili leur demande à tous d'être sages, sinon...
Mais ils n'écoutent pas et se battent comme des lions.

— Nous voulons jouer avec vous!

Nous voulons être comédiens, nous aussi, comme vous!

Les invités ronchonnent et grimpent sur la scène.

— On est bien mieux ici! disent-ils sans gêne.

— À l'aide! crie Lili Tire-bouchon.
Il faut plus de rôles pour que le spectacle soit bon!

— Lili, dit Charles, Lili Tire-bouchon,
Tout ce qu'il te faut, c'est un chœur de cochons!

— Gnonf! Gnonf! crient les invités. Nous serons les cochons.

— On peut continuer. Ça va, c'est bon!

On sera prêts à temps!

Puis, elle entend...

— Où êtes-vous, tout le monde?

— Oh non! Qu'est-ce qu'on fait? C'est Annie!
Il ne faut pas qu'elle voit avant qu'on ait fini.

— Lili, Lili, laisse-moi jouer aussi.

— Ce n'est pas un jeu. C'est mon cadeau pour toi.

— Un spectacle? C'est ton cadeau pour moi?
Alors, je veux jouer! C'est MA fête à moi!

C'est ainsi qu'Annie devient la souris vedette.
Et c'est elle qui mène la troupe derrière la maison.

Là, ils montent la scène et préparent la vraie fête.
Le chœur fait son entrée, avec tous ses cochons.

Mais là, tout s'arrête...

... Car il n'y a personne,
Que des chaises, des chaises vides et personne!

– Qu'est-ce qu'on fait? Sans spectateurs, pas de spectacle.
Avec personne ici, il nous faut un miracle!

La gorge serrée, Lili déclare : Tirez vite les rideaux!
Je connais quelqu'un qui ne voudra jamais,
Jamais faire partie du spectacle, je le sais.
Elle sera heureuse, elle, de rester assise.
Allez, tout le monde! Les yeux bien clos!
Je m'en vais chercher la dernière...

SURPRISE!!!

Voilà, c'est la fin.

Mais si vous en voulez plus, faites comme Lili.

Montez un spectacle vous aussi!

Lili Tire-bouchon
et ses
cochons de neige

Pour deux personnes qui me sont très chères,
Diane Kerner et Yüksel Hassan
XOXO

Durant toute la nuit, doucement, doucement,
Les flocons ont valsé. Ce matin, tout est blanc.
La ville brille sous la neige fraîchement tombée.
Quel bonheur! Les enfants vont vraiment s'amuser!

Lili Tire-bouchon attrape ses vêtements,
Enfile des bas bien chauds,
Son pantalon de neige, ses mitaines, un tricot.
— Mais où est mon chapeau? demande-t-elle à sa maman.

— Lili, Lili, dis-moi que ce n'est pas vrai!
Tu perds toujours tout! Mais le fais-tu exprès?
Tu perdrais même ta tête si elle n'était pas attachée.
Et comment ferait-on pour te la remplacer?

— Je n'ai pas perdu mon chapeau. Il n'est tout simplement pas là.
Mon foulard est très long, je pourrais l'enrouler comme ça...

— Non, dit sa maman. Tu ne sors pas sans chapeau.
Il fait bien trop froid. Et c'est mon dernier mot!

Lili fouille toutes les pièces, regarde un peu partout.
Introuvable, le chapeau, envolé, disparu.
Pour le trouver, elle met tout sens dessus dessous.
Pas une minute à perdre : la neige aura fondu.

De son coffre à jouets, elle sort des cochons,

Un dragon et un masque, deux ailes de papillon,

Des boîtes, une baguette, un casque de Martien...

— Et puis, tiens! Pourquoi pas? Celui-là m'irait bien...

— J'ai trouvé un chapeau! Qu'en penses-tu, maman?
Est-ce que je peux sortir, maintenant?

Sa maman se lève, inspire à fond et dit :
— S'il est assez chaud et reste sur ta tête, d'accord, ma Lili.

— Prête, Annie? Allez, viens! On va jouer!
Saute dans le traîneau, on va bien s'amuser!

Les amis de Lili examinent son chapeau de Martien.

— Nouveau genre, dit Rosette. D'où ça vient?

— Bizarre, ajoute Charles avec un sourire en coin.

— Je ne trouve pas mon chapeau, je l'ai cherché partout! Introuvable, envolé, disparu, dit Lili.

« Et comme je ne le trouvais pas, j'ai pris celui-ci.
C'est une fille de Mars qui se tient devant vous! »

« Nous sommes rendus sur Mars... Oh non!
Les Martiens sont prisonniers des neiges! »

— Délivrons-les, dit Charles. Ils sont pris au piège!
Il faut les sortir de là. Vite, vite, creusons!

Ils dégagent la neige petit à petit.

Lentement, un paysage étrange surgit,

Fait de sentiers en forme de serpents

Et de collines où vivent des êtres terrifiants.

Un de ces vilains monstres a des yeux sur le nez.

C'est tout ce qu'on en voit, le reste est bien caché.

Explorer sa caverne demanderait du courage,

Mais personne n'est assez brave pour creuser davantage.

Celui que Charles fabrique a une crête sur le dos.
Rosette fait deux têtes à un drôle d'escargot.

— Mon Martien, dit Annie, s'appelle Biskoute.
Il est tout petit, il a l'air d'une goutte.

— Quand j'aurai terminé, ce seront des cochons,
De beaux cochons de Mars, dit Lili Tire-bouchon.

— Lili, Lili, regarde! Ton foulard, tu ne l'as plus!
Où est-il, Lili? Oh non! Tu l'as perdu!

Ils fouillent partout, mais ils s'avouent vaincus.

Introuvable, le foulard, envolé, disparu.

— Oh, là, là, quel problème! Quand maman me verra,
Elle s'évanouira! Et puis en s'éveillant, elle criera :

« Lili, Lili, dis-moi que ce n'est pas vrai!
Tu perds toujours tout! Mais le fais-tu exprès? »

— Vas-tu passer la journée à pleurnicher?
Allons, dit Rosette, nous sommes ici pour jouer!

— C'est vrai, tu as raison, dit Lili Tire-bouchon.
Je suis ici sur Mars et je fais des cochons.
Ces groins ne me plaisent pas, il faut qu'ils soient bien plats.

Elle leur fait de beaux trous. C'est plus joli comme ça!

— Encore un petit détail, dit Lili Tire-bouchon.

Ils soulèvent Annie qui pose des branches sur la tête des cochons.

— Lili, Lili, regarde! Tes mitaines, tu ne les as plus!
Où sont-elles, Lili? Oh non! Tu les as perdues!

— Oh là là! quel problème! Quand maman me verra,
Elle s'évanouira! Et puis en s'éveillant, elle criera :

« Lili, Lili, dis-moi que ce n'est pas vrai!
Tu perds toujours tout! Mais le fais-tu exprès? »

Ils fouillent partout, mais ils s'avouent vaincus.
Introuvables, les mitaines, envolées, disparues.

— Voyons, s'écrie Rosette, cesse de pleurnicher. Tu perds toujours tout, tu devrais être habituée!

Lili sourit et lui souffle un baiser.

— Mes manches sont très longues, mes mains sont protégées.

— Jouons à autre chose, dit Charles.

Sur la planète Mars, les collines sont hautes :

Glissons en traîneau sur les côtes.

Et envolons-nous dans les airs.

Charles a raison. Les traîneaux volent dans l'air pur,
Tout, pour eux, devient flou, tant ils filent à vive allure.

Ils plongent, ils planent, ils descendent en trombe.
Ils ne s'arrêtent pas s'ils dérapent ou s'ils tombent.

C'est à ce moment-là que Lili perd son chapeau.
— Oh non! Pas encore! Cette fois, c'en est trop!

— Oh, là, là, quel problème! Quand ta maman te verra,
Elle s'évanouira! Et puis en s'éveillant, elle criera :

« Lili, Lili, dis-moi que ce n'est pas vrai!
Tu perds toujours tout! Mais le fais-tu exprès? »

Ils montent sur la colline et cherchent avec grand soin.
Ils secouent chaque buisson. Pas de chapeau de Martien.

Enfin, ils abandonnent. Ils sont découragés.

Il faudrait bien qu'ils mangent : ils sont tous affamés.

Lili s'inquiète : « Maman sera fâchée.

Je ne l'ai pas fait exprès. Que s'est-il donc passé? »

Charles se penche vers Lili et murmure tout bas :
— Elle ne le saura jamais si elle ne te voit pas...

— J'entrerai sur la pointe des pieds, comme une petite souris.
Elle ne me verra pas, je ne ferai aucun bruit.

Lili ouvre la porte. C'est le silence complet.

Elle entre doucement et...

... trébuche sur ses jouets.

Sa maman arrive en courant : « Qu'est-ce qui se passe ici? » Puis elle remarque la tête nue de Lili.

— Lili, Lili, dis-moi que ce n'est pas vrai!

Ton foulard, ton chapeau, tes mitaines... Qu'est-ce que tu en as fait?

Où sont-ils, cette fois-ci? C'est un vrai sortilège!

— Ils sont cachés sur Mars, bien enfouis sous la neige...

~ Biographie ~

Phoebe Gilman grandit dans le Bronx à New York. Toute petite, elle aime déjà la peinture, la danse et les livres. Sa mère lui procure une carte de bibliothèque dès qu'elle est en âge d'écrire son nom. Elle aime tout particulièrement les contes de fées et n'hésite pas à masquer de ses mains les illustrations lorsqu'elles ne correspondent pas à l'image que les mots lui ont inspirée. Elle dessine des ballerines géantes sur les murs de sa chambre.

C'est à dix ans qu'elle illustre son premier livre, écrit par son cousin Joel et intitulé *Oliver the Octopus*. Plus tard, à l'école secondaire, elle illustre *Chester the Chimponaut*. Il ne lui vient toutefois pas à l'esprit qu'elle pourrait devenir illustratrice et écrivaine.

Après ses études collégiales, elle vit en Europe et en Israël et entame une carrière de peintre; elle expose et vend ses toiles. Ce n'est que lorsque sa fille aînée, encore bébé, perd son ballon dans un arbre qu'elle revient aux albums illustrés.

Entre-temps, l'artiste s'est installée à Toronto, en Ontario; elle enseigne à l'Ontario College of Art. *L'arbre aux ballons* est publié en 1984. Elle explique ainsi son parcours : « Quand je regarde en arrière, je comprends comment les choses se sont déroulées depuis le début. Ma mère aimait les livres, mon cousin écrivait des contes et des chansons. Je suis devenue artiste un peu malgré moi. Si j'avais prêté plus d'attention aux élans de mon cœur, j'aurais compris plus tôt à quel point j'aime écrire des histoires et les illustrer. J'avais aimé travailler à *Oliver the Octopus* et à *Chester the Chimponaut*. Puis, lorsque j'ai eu mes enfants, j'adorais leur inventer des histoires, le soir. Je pense que j'aimais encore plus que mes filles le secteur des livres pour enfants à la bibliothèque. Même dans mes tableaux, il y avait toujours une histoire. »

Phoebe Gilman a dit un jour qu'elle écrivait les livres qu'elle aurait aimé lire quand elle était jeune – des histoires de filles costaudes plus fûtées que les garçons et qui savent écouter leur cœur. En plus de la série des Lili Tire-Bouchon et de *L'arbre aux ballons*, elle a écrit et illustré *Un merveilleux petit rien*, un succès qui lui a valu le prix Ruth Schwartz ainsi que le prix Sydney Taylor, *Grand-mère et les pirates*, *La Princesse gitane* et *Perle la pirate*. Elle a également illustré *Once Upon a Golden Apple*, un texte de Jean Little. Son dernier ouvrage, *L'hippopotame bleu*, illustré par Joanne Fitzgerald, a été publié en 2007 et mis en nomination pour le prix du Gouverneur général pour ses illustrations.

Phoebe Gilman est décédée en 2002, mais ses contes continuent à passionner les enfants du monde entier.

~ Les livres ~

Lili Tire-bouchon

L'idée de Jillian Jiggs est venue de l'une des comptines de *Mothers Goose Rhymes*, celle de Gregory Griggs.

Gregory Griggs, Gregory Griggs,
Avait vingt-sept perruques.

Inspirée par cette comptine, Phoebe Gilman a décidé de faire comme Gregory et de transformer tout ce qu'il y avait chez elle en perruques. Elle fut bien embêtée par l'abat-jour et la vadrouille… « Pourquoi se limiter aux perruques? » se dit-elle. Ses deux petites filles lui serviront de modèles pour créer le nouveau personnage. Gregory n'est pas un nom de fille vraiment approprié; il faut inventer autre chose. Ne trouvant pas de prénom féminin de trois syllabes commençant par « Gr », Phoebe Gilman se dit que celui qui convient le mieux est Gillian. Elle retire le « r » de Griggs et… voici Gillian Giggs! Une fois en scène, Gillian mène l'histoire. Tout peut servir à fabriquer un costume. Comme l'inspiration de départ est une comptine, l'écriture continue dans le même sens : un texte qui rime. Mais comme personne ne sait prononcer Gillian Giggs, Phoebe Gilman le change en Jillian Jiggs.

Baptiser Jillian Jiggs en français, la belle affaire! C'est une lourde responsabilité de donner un nom à un personnage : il va vivre avec ce nom toute sa vie, comme un enfant. Cette coquine de Jillian… il lui fallait un nom drôle, et surtout sonore! Quand j'ai vu les illustrations, le nom de Lili Tire-bouchon s'est imposé de lui-même. Il faut dire que le premier titre de Phoebe Gilman, que j'ai traduit, était une histoire de cochons. « *Les beaux cochons de Lili Tire-bouchon* », pourquoi pas? De plus, comme je devais m'astreindre à la rime, même si ce genre de texte est moins courant en français qu'en anglais, « cochon » et « tire-bouchon », cela allait de soi étant donné la nature de la queue de ces chers animaux, et la rime était là! Voilà comment Jillian Jiggs est devenue Lili Tire-bouchon!

Christiane Duchesne

Les beaux cochons de Lili Tire-bouchon

« C'est une histoire vraie, ou presque. Un jour, j'ai montré à ma fille Melissa comment faire de petits signets en feutre en forme de souris. Dès que ses amies les ont vus, elles en voulaient aussi. Melissa s'est donc mise à la production de souris. Elles étaient toutes spéciales, toutes différentes. Au bout du compte, elle ne pouvait se défaire d'aucune. J'observais tout cela en me disant : c'est exactement ce que ferait Jillian. J'ai commencé à écrire une histoire, et puis tout s'est bloqué. « *Les merveilleuses souris de Jillian Jiggs* », cela n'allait pas vraiment. Ça clochait! J'ai tout abandonné et j'ai laissé le texte de côté. Des semaines plus tard, je me suis réveillée avec une idée : Jillian ne fabriquerait pas des souris, mais bien des cochons! L'arc-en-ciel de la couverture a été conçu par ma fille Leora. »

Phoebe Gilman

Lili Tire-bouchon
à la chasse au monstre

« L'histoire est inspirée des clubs que se créent les enfants. Les membres d'un club doivent aider les autres. La question qui se posait était la suivante : qui allaient-ils aider? La petite sœur de Lili? Pourquoi pas? Quel genre de problème peut avoir une toute petite fille? Un cauchemar? Lorsque j'ai terminé, tout ce qui touchait au club avait disparu, car cela allongeait inutilemenant l'histoire. »

La seule chose qui reste de l'idée originale, c'est le mot de passe secret du club : BELBÉZAGÉNOR !

La surprise de
Lili Tire-bouchon

L'intrigue de cet album vient d'une pièce de théâtre qu'avait d'abord écrite Phoebe Gilman.

Ce livre est dédié à tous ses petits-enfants ainsi qu'a ses petites-nièces et ses petits-neveux. À eux seuls, ils sont assez nombreux pour constituer une troupe de théâtre.

Lili Tire-bouchon et
ses cochons de neige

Cette histoire de Phoebe Gilman se tisse autour d'un chapeau très spécial, couvert de boutons, qui a un jour appartenu à sa fille Melissa. L'auteure se rappelle très

bien ce curieux chapeau, disparu dans une tempête de neige et réapparu au printemps. Elle fabrique donc de vrais chapeaux d'après le modèle du chapeau de martien de Lili Tire-bouchon pour s'assurer qu'ils tiennent la route. « Je n'arrivais pas à faire tenir l'hélice, dit-elle, elle tombait toujours. Je me suis alors inspirée d'une vieille antenne de télévision, que j'ai reproduite avec le bord d'un verre de carton monté au bout d'un petit cylindre. Tout cela était recouvert de papier d'aluminium. J'ai aussi confectionné de gros yeux avec des sections de boîtes d'œufs et puis j'ai ajouté l'antenne à ressort utilisée au début. Bientôt, tout le monde voudra porter ce couvre-chef très chic. »

OUVREZ L'ŒIL

Lorsque Phoebe Gilman écrit les premières aventures de Lili Tire-bouchon, elle décide de dissimuler ici et là dans les illustrations des éléments de son premier album, *L'arbre aux ballons*. Ainsi a commencé cette habitude, on pourrait même dire une tradition, celle de cacher dans un nouveau livre des références visuelles des précédents. Phoebe Gilman a un faible pour les poulets : il y en a au moins un dans chacun de ses ouvrages. Voici quelques-uns de ces éléments à découvrir – mais il y en a tant d'autres! Voyons voir ce que vous trouverez...

Dans *Lili Tire-bouchon* :
- Le magicien de *L'arbre aux ballons*
- Une peinture représentant des milliers, des millions, des milliards de ballons
- Des poulets

Dans *Les beaux cochons de Lili Tire-bouchon* :
- Une illustration de *L'arbre aux ballons*
- Le livre *L'arbre aux ballons*
- Le chat du magicien de *L'arbre aux ballons*
- Du tissu de la robe de Lili dans *Lili Tire-bouchon*
- Les boîtes peintes de Lili
- Des poussins peints

Dans *Lili Tire-bouchon à la chasse au monstre* :
- Une peinture d'un arbre aux ballons
- La robe de Lili dans Lili Tire-bouchon
- Les boîtes peintes de Lili
- De bien beaux cochons
- Le livre *Grand-mère et les pirates*
- La couverture de *Un merveilleux petit rien*
- Un poulet

Dans *La surprise de Lili Tire-bouchon* :
- *L'arbre aux ballons*
- Les boîtes peintes de Lili
- Les chaussures de la mère de Lili dans *Lili Tire-bouchon*
- Un bien beau cochon
- La grand-mère de *Grand-mère et les pirates*
- Quelque chose fabriqué avec la couverture de *Un merveilleux petit rien*
- Le chaton de *Lili Tire-bouchon à la chasse au monstre*
- Babalatzzi, l'ours qui danse dans *La Princesse gitane*
- Le chien de Perle la pirate

Dans *Lili Tire-bouchon et ses cochons de neige* :
- Un exemplaire de *L'arbre aux ballons*
- Les ailes de fée de Lili dans *Lili Tire-bouchon*
- Le pyjama de Lili dans *Lili Tire-bouchon à la chasse au monstre*
- De bien beaux cochons
- Le chef des pirates dans *Grand-mère et les pirates*
- La couverture de *Un merveilleux petit rien*
- Marjolaine et Babalatzzi dans La *Princesse gitane*
- Perle la pirate et son chien